Mi amiga Berta

Berta va al dentista

Una historia de **Liane Schneider**
con ilustraciones de **Eva Wenzel-Bürger**

Traducción y adaptación
de Teresa Clavel y
Ediciones Salamandra

salamandra

Berta se mira en el espejo con la boca muy abierta. Qué raro: en una muela de abajo hay un punto marrón que no se va por más que se cepille los dientes. En ese momento, mamá entra en el cuarto de baño y, después de examinar la boca de Berta, dice:

—Voy a tener que llevarte al dentista. Seguramente es una caries.

En el colegio, Berta les cuenta a sus compañeros que va a ir al dentista. Ana la tranquiliza:
—Yo ya he ido, y no pasa nada.
Pero Mateo no opina lo mismo. Le explica a Berta que el dentista utiliza una taladradora para hacer agujeros en los dientes. Entonces Berta se acuerda de la taladradora que tiene papá y le entra miedo.

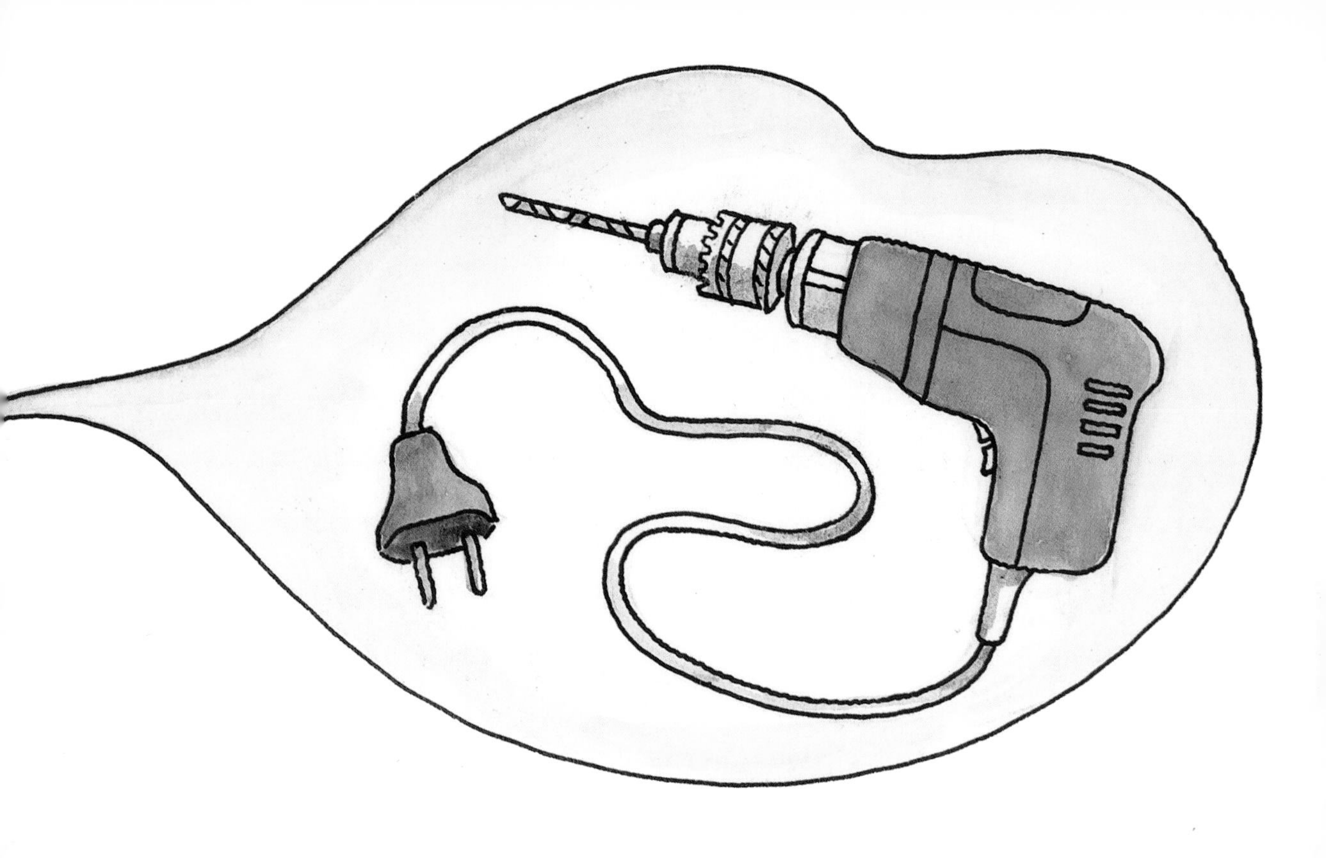

Esa noche, Berta le pregunta a papá si la taladradora del dentista es igual que la suya. Él la tranquiliza inmediatamente:

—¡No te preocupes! El torno del dentista es muy distinto y mucho más pequeño que una taladradora. Y él sólo lo utiliza para retirar trozos de dientes estropeados.

Una semana después, llega el momento: Berta va al dentista acompañada de mamá. La recepcionista es muy amable, pero, aun así, Berta no está muy tranquila y aprieta muy fuerte su osito de peluche.

En cuanto entra en la sala de espera, Berta ve una gran casa de muñecas. Empieza a jugar, y pronto está tan entretenida que no oye a la recepcionista cuando la llama:

—Te toca a ti, Berta.

Mamá la acompaña al consultorio. Una vez dentro, Berta tiene que sentarse en un sillón muy cómodo. La ayudante del dentista le pone una especie de babero de papel alrededor del cuello, después sube el sillón, lo inclina y enciende un enorme foco blanco encima de su cabeza. ¡Es divertido!

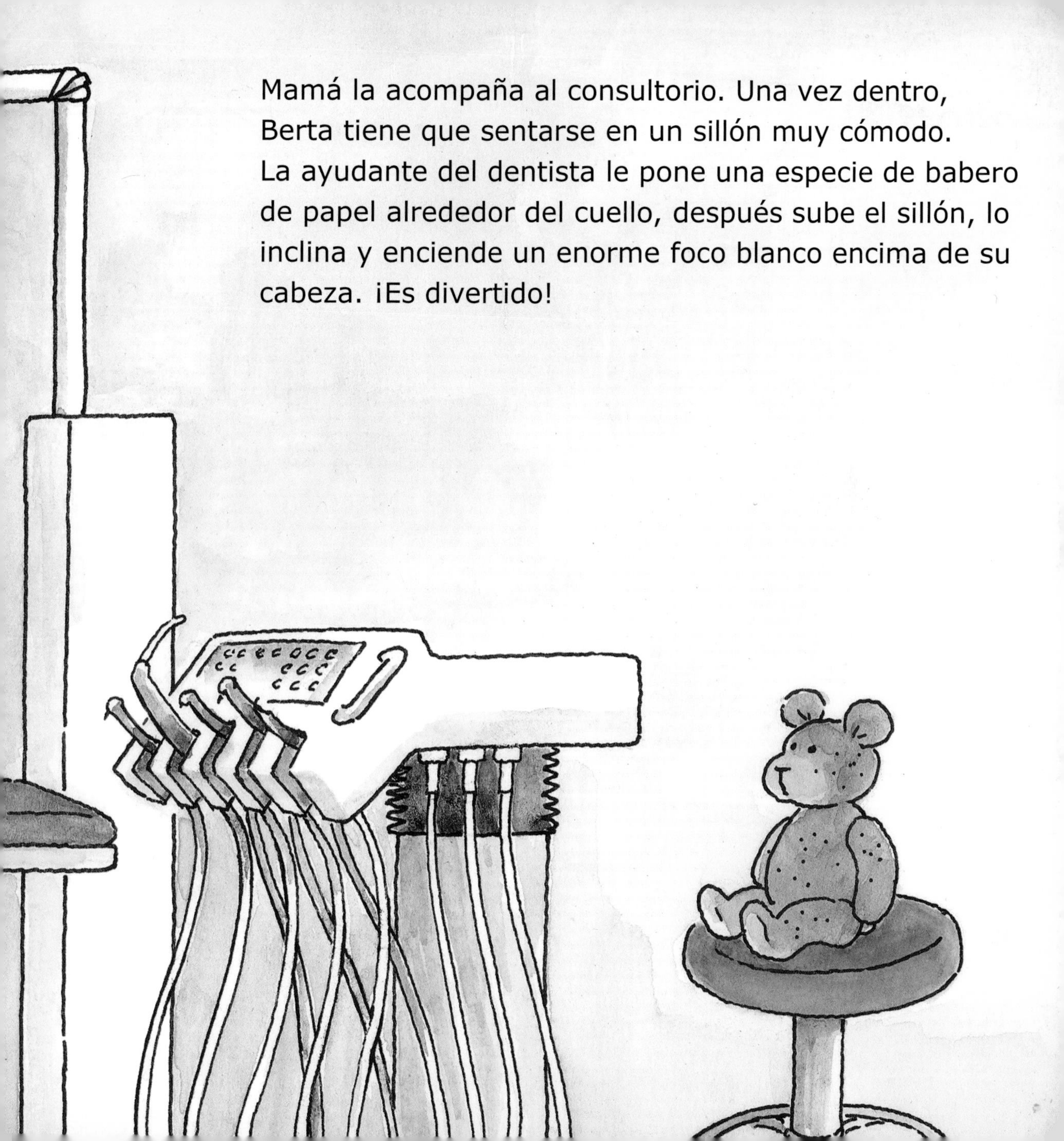

Junto al sillón hay un pequeño lavabo con un grifo y un vaso. Y sobre una mesa, al lado de Berta, hay varios aparatos brillantes, pero ninguna taladradora. ¡Uf, menos mal!
Al cabo de unos instantes entra una joven dentista.
—Hola, Berta —dice con mucha amabilidad—, ¿estás preparada? Primero voy a mirar si tienes algún diente que se mueva. Eso significa que está a punto de caerse y que, en su lugar, crecerá uno nuevo.

La dentista examina todos los dientes de Berta, con un espejo y una linternita. Y, efectivamente, encuentra una caries en una muela de abajo. Berta no lo entiende.

—Pero ¡si yo me lavo los dientes todas las mañanas y todas las noches! —dice.

La dentista le explica que los restos de alimentos y de los dulces se quedan entre los dientes y los estropean. Por eso es mejor lavarse los dientes después de cada comida.

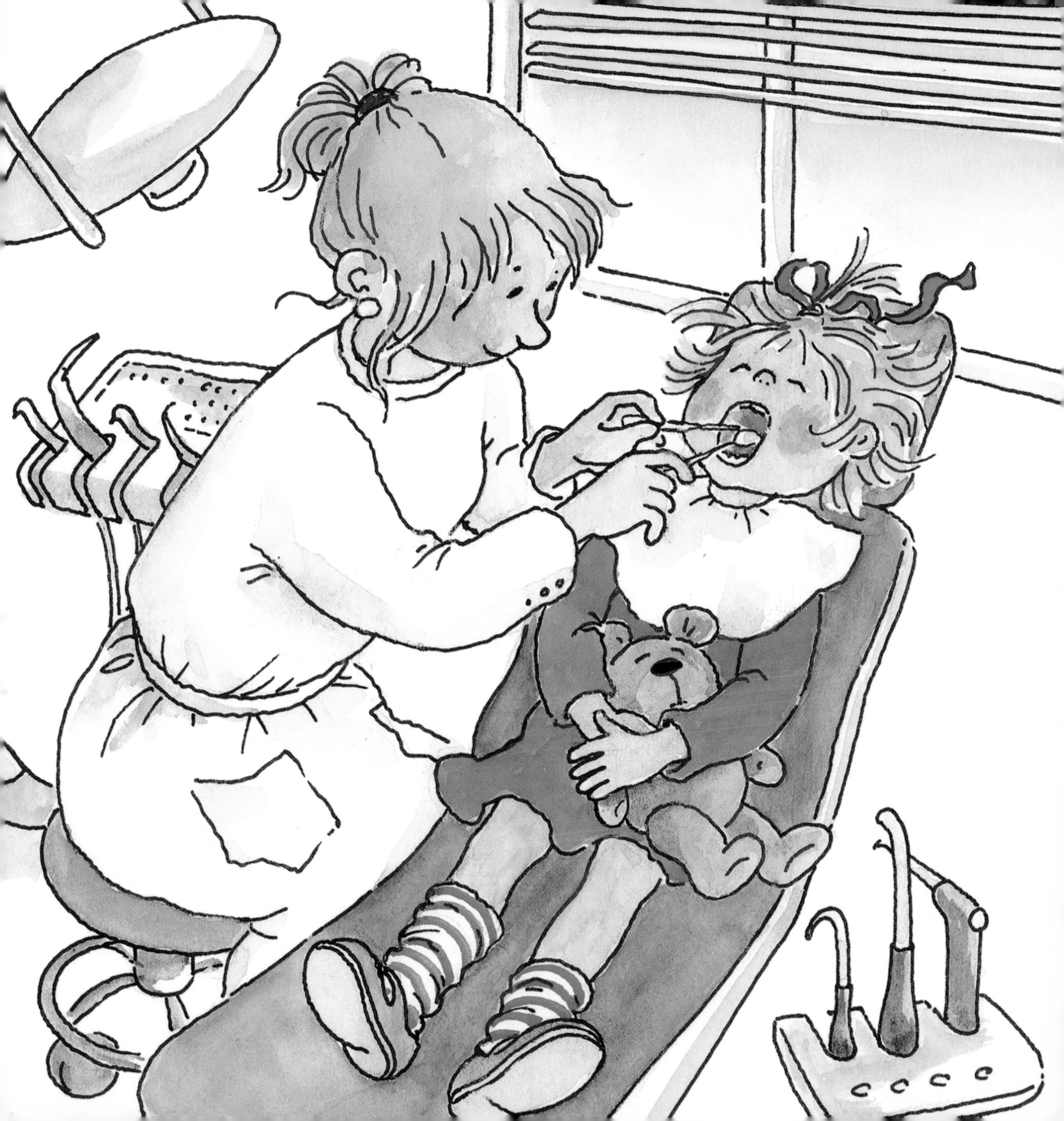

—Y ahora vamos a hacer un empaste —dice la dentista.
—¿Un *emplaste*? —pregunta Berta—. ¿Y eso qué es?
La dentista se ríe.
—Un *emplaste* no, un empaste. Es una pasta que sirve para rellenar el agujero del diente estropeado —le explica.
Después le enseña un aparatito, el torno, cuya punta gira muy deprisa. Se utiliza para eliminar las partes enfermas y así evitar que el resto del diente se estropee.

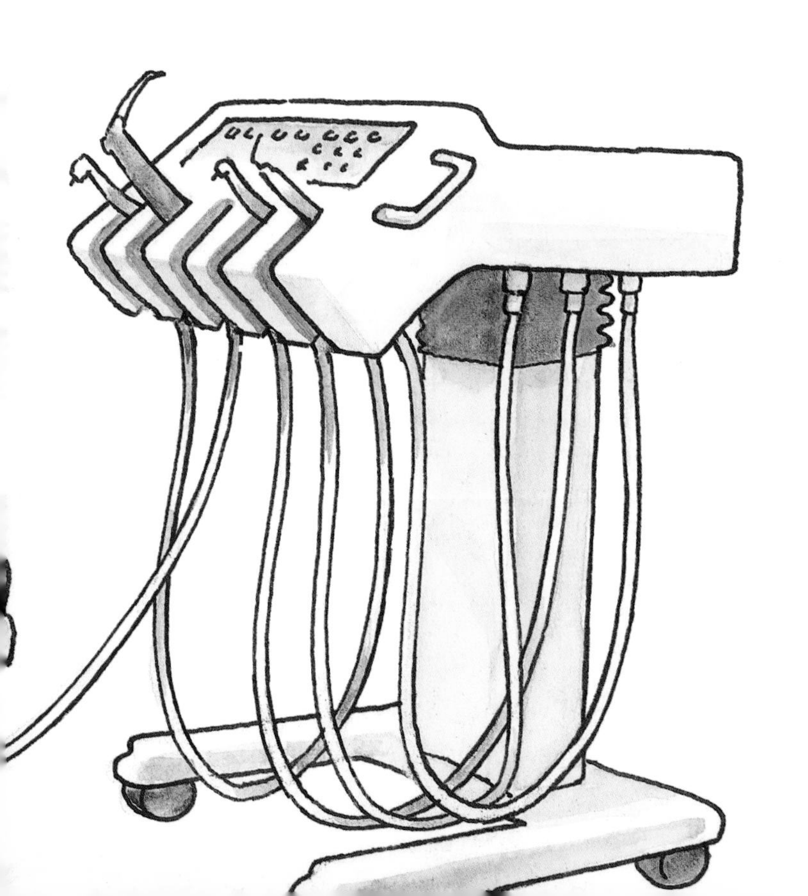

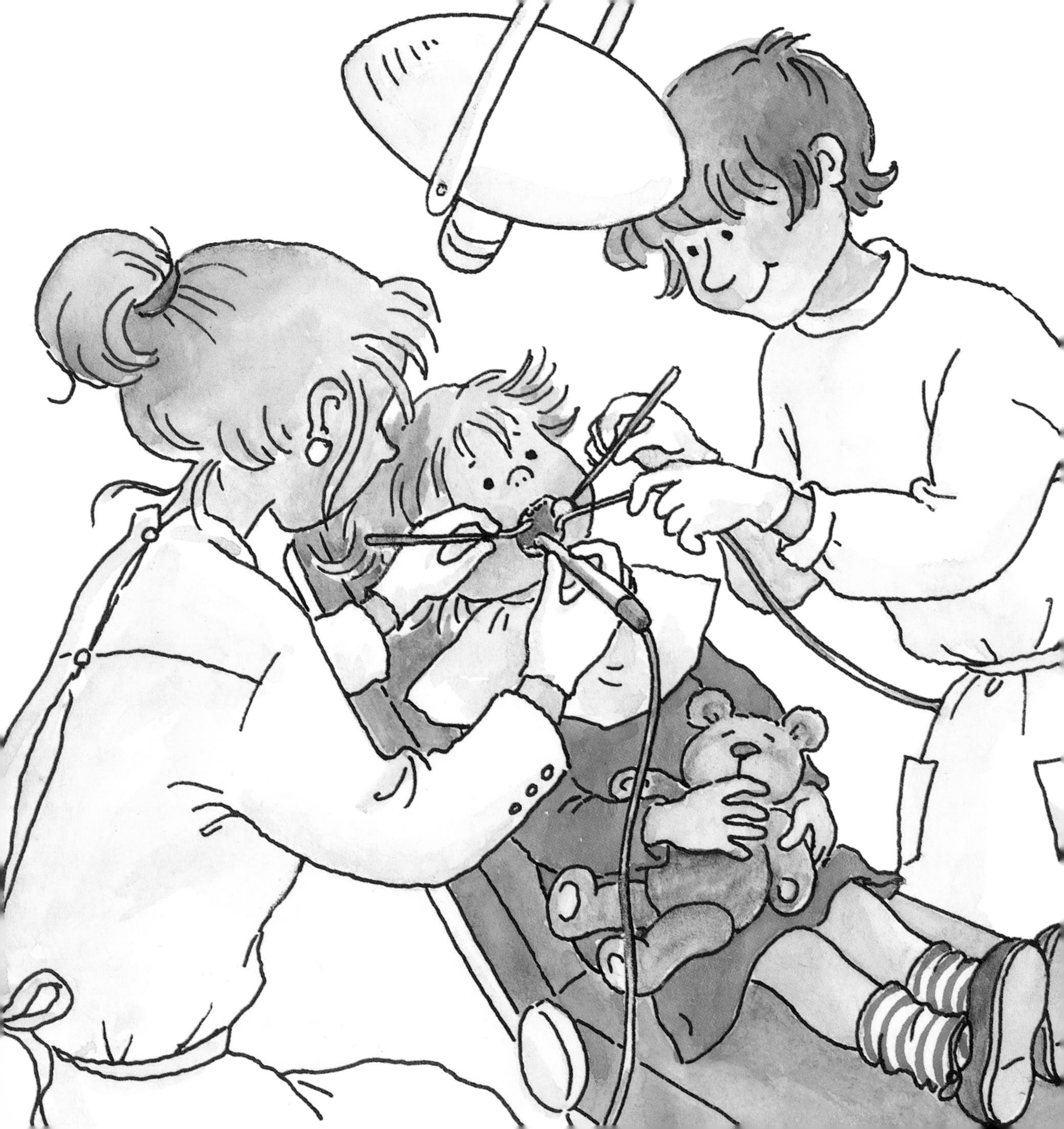

Berta tiene que abrir mucho la boca. El torno no le gusta demasiado, hace un ruido desagradable... A la vez, con un tubito, la ayudante aspira la saliva de la boca de Berta. De esa forma, el diente se mantiene seco y Berta no tiene que estar tragando saliva sin parar. Luego, con un pequeño gancho, la dentista comprueba que ha eliminado todos los trozos dañados.

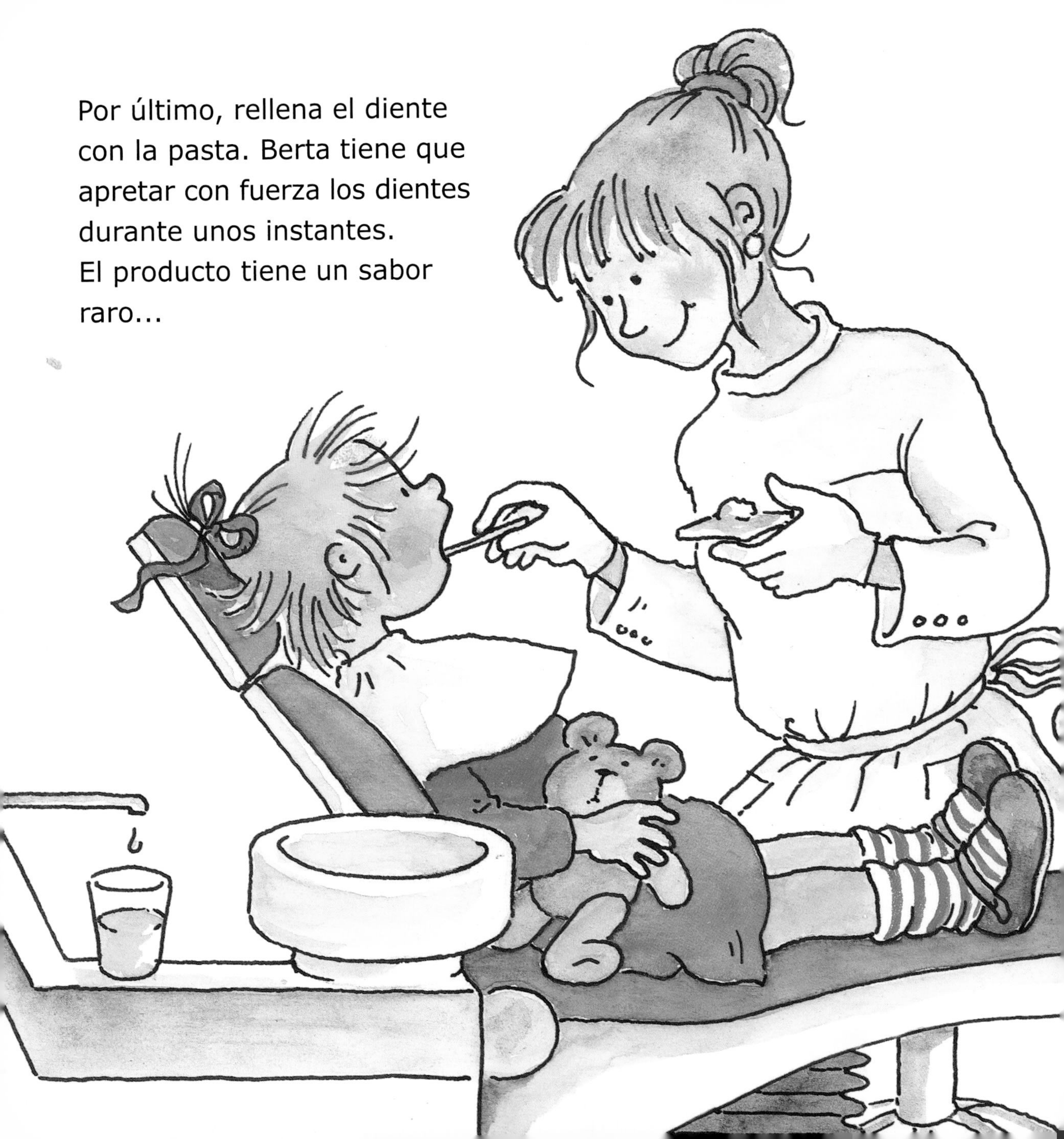

Por último, rellena el diente
con la pasta. Berta tiene que
apretar con fuerza los dientes
durante unos instantes.
El producto tiene un sabor
raro...

La dentista le enseña que, apretando un botón, sale agua para llenar el vaso. Berta se enjuaga la boca y escupe el agua dentro del lavabo. Y ahora ya puede mirarse el empaste en un espejo.

Después, la dentista coge una gran dentadura y le enseña a Berta los movimientos adecuados para cepillarse bien los dientes.
—Hay que mover el cepillo de arriba abajo, ¡y pasarlo por todos los dientes! —le aconseja.
Al final de la visita, le regala un espejito de dentista.

Esa noche, con su nuevo espejo y una linterna, Berta le examina los dientes a papá. ¡Él también tiene puntitos marrones!

—Vas a tener que ir al dentista —le dice Berta—. Pero no te preocupes, ¡no hace nada de daño!

Título original: *Conni geht zum Zahnarzt*

Derechos de traducción negociados a través de
Ute Körner Literary Agent, S.L. Barcelona - www.uklitag.com

Publicaciones y Ediciones Salamandra, S.A.
Almogàvers, 56, 7º 2ª - 08018 Barcelona - Tel. 93 215 11 99
www.salamandra.info

ISBN: 978-84-9838-586-1
Depósito legal: B-3.062-2014

1ª edición, marzo de 2014 • *Printed in Spain*

Impresión: EGEDSA
Roís de Corella 12-14, Nave I. Sabadell